策　划　高高国际　出品人　高　欣　品牌运营　孙　莉　选题统筹　孙广宇　营销编辑　王晓琦　装帧设计　高高国际

谁知道
夜里
会发生什么

[斯洛文尼亚] 花儿·索科洛夫　著

[斯洛文尼亚] 彼得·思科罗杰　绘

赵文伟　译

作家出版社

迈克、乔、妈妈和爸爸有了一顶新帐篷。

"今天我们能睡在帐篷里吗？"迈克一边绕着帐篷蹦来跳去一边问。他一个人在花园里搭起了帐篷。嗯，就算是他一个人干的吧，妈妈帮了点忙。乔也插手了，不过，主要是帮倒忙。

　　爸爸说："我更喜欢睡在家里的床上。再过一个星期我们就去海边了，到时候再搭帐篷吧。"

　　"可是那要等好久！"

　　"妈妈可以和我们一起睡。"乔喊道。

　　妈妈摇头。"我也宁愿睡在我的床上。你们俩想睡外头就睡外头吧。"

　　"没有你，我不睡在帐篷里。"乔抱着她的腿说。

　　"那我自己睡！你真是个胆小鬼！"迈克生气地说。

　　"我不是胆小鬼，你才是！"乔回答。

"好啦，"爸爸说，"别吵了。每个人都该睡在他想睡的地方。"

　　迈克还想争论下去，但是没有时间了。天黑前还有许
多事要做：再检查一下营钉固定好没有、给床垫充气、

将放在大厅柜子里的睡
袋抱过来、找到妈妈那
本关于露营和野外生活
的书……当然，还要找
到手电筒——

否则，谁知道夜里会发生什么！

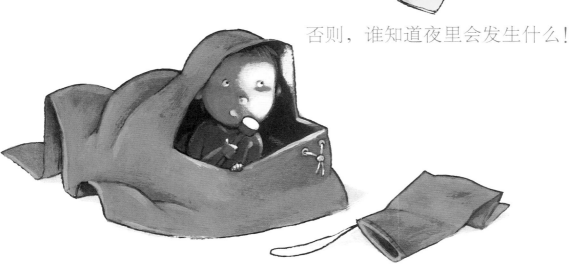

全都忙完已经到了吃晚饭的时间。

"我不想让迈克睡在帐篷里。"乔突然说，嘴里塞满了食物。

"为什么不？"妈妈问。

"他会被人偷走的。万一有人把他偷走了我会伤心的。那样，我们还得再弄一个迈克来，一模一样的。"

迈克挺起胸脯。"没有人能偷走我！"他从桌旁跳开，抓起一根靠在樱桃树上的棍子，"如果有人来做坏事，我会打跑他们。我谁也不怕！"

太阳落山了。很快，天就要黑了。

迈克走到花园的水龙头旁灌了一桶水，桶太沉了，几乎拎不动。

他拎着水桶摇摇晃晃向帐篷走去。
哗啦，水洒了！

"你在干什么呢？" 爸爸问。
"我想看看这个帐篷防不防水，" 迈克解释说，
"万一夜里下雨呢，我想做好一切准备。"

爸爸望着天，已经有星星在闪烁了。"我很怀疑。"他说。

"谁知道会发生什么，"迈克回答说，"特别是在夜里。即使来一场暴风雨，我也不觉得奇怪。"他又检查了一遍所有的营钉，然后说："现在生火吧！"

"火？"爸爸惊讶地问。

"火，火。"迈克点着头说，"赶走野兽。"

"啊哈。"

　　妈妈看了看表。"该睡觉了。"她说。

　　"给我讲个睡前故事怎么样？"迈克问。

　　"好吧，"妈妈回答，"你去刷牙，我去拿本书。"

　　"讲那个荒岛生存的故事，好吗？"

　　"那我呢？"乔抱怨道，"没有睡前故事，我会做噩梦的。"

　　"还有我呀，"爸爸说，"我去你的房间给你读。"他俯下身，给了迈克一个晚安吻，"美美地睡一觉，迈克。明天早上见。"

妈妈在念书。这是一个特别紧张的故事。还好是快乐的结局。

讲完故事，妈妈帮迈克拉好睡袋，然后亲了他一下。"好好睡吧，"她微笑着鼓励道，"要是你不喜欢待在帐篷里就来找我们，好吗？我给你留着门。你把手电筒放哪儿了？"

"帐篷侧面的口袋里，"迈克回答，"拿着方便。夜里不知道会发生什么。"

"是啊，晚安。"妈妈十分同意。

"妈妈！"迈克喊道，"真有人来怎么办？"

"谁会来？"妈妈问。

"邪恶的巨人。"迈克小声地说。

"不会的！"妈妈拉他的手安慰道，"很久很久以前巨人就都被赶跑了。"

"太好了，"迈克松了一口气，他闭上眼睛，喃喃自语，"谁会相信有巨人呢？反正我不信！"

"晚安。"看来，这次妈妈真要走了。离开帐篷前她问："迈克，你知道这里真的没有野兽吧？"

"我知道，我知道。"迈克说着，打了一个大哈欠，"反正我有篝火和棍子。谁知道夜里会发生什么。"

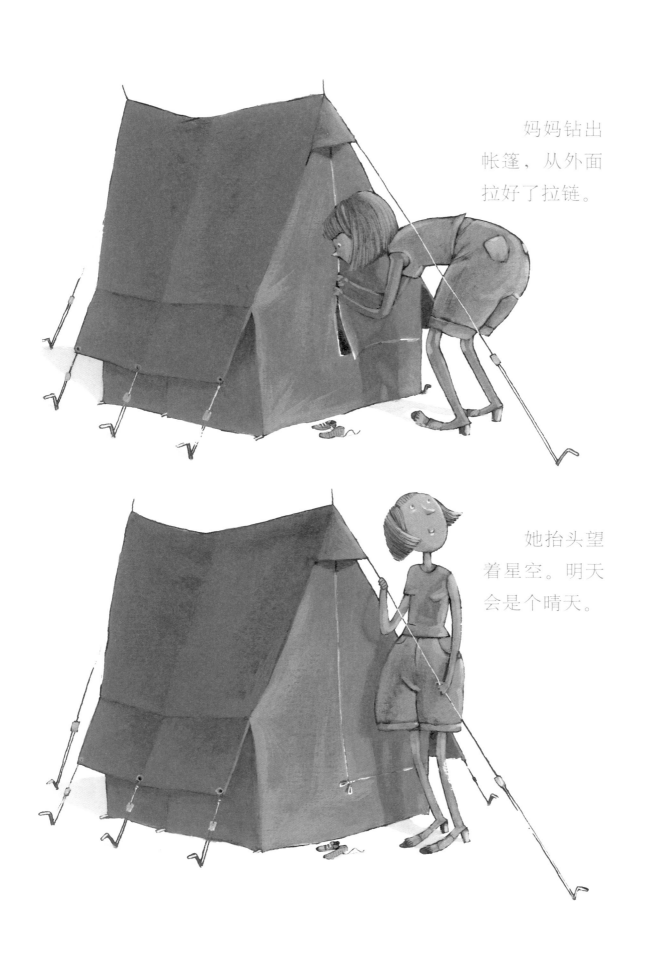

妈妈钻出帐篷，从外面拉好了拉链。

她抬头望着星空。明天会是个晴天。

妈妈！ 妈妈！

她正朝后门走去，忽然听到帐篷里迈克大喊："妈妈，妈妈！我听到有人在花园里走来走去！"

妈妈飞快地返回帐篷，拉开拉链，跪在气垫床上。

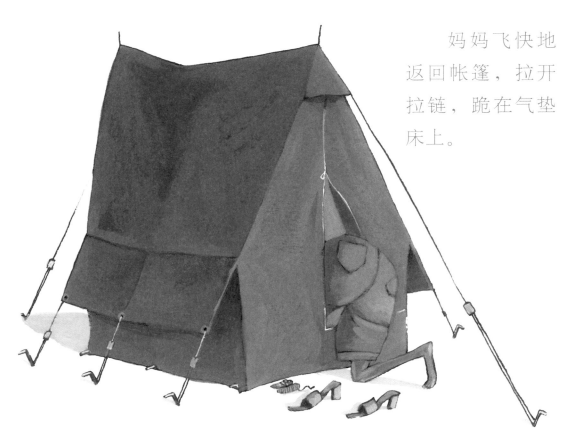

"迈克，没有人在花园里走。你听到的是我的脚步声。"

"可是，灌木丛里有什么东西沙沙响？"迈克用颤抖的声音问。

"我什么也没听见，"妈妈惊讶地说，"可能是你想象出来的吧。"

　　妈妈给了迈克一个大大的拥抱，问："你确定不愿意回房间睡吗？"

　　"决不！"迈克说着，挣脱妈妈。

　　妈妈摇摇头。"好吧，只要你高兴。晚安。"

　　"晚安。"迈克说完，躺下来，"明天早上见。"

　　关上后门前，妈妈站了一会儿。迈克说得对：谁知道夜里会发生什么。

爸爸已经打盹了，妈妈也闭上了眼睛。就在这时，花园里传来迈克的喊声："妈妈！"

爸爸妈妈立刻清醒过来，同时跳下床朝后门跑去。

"花园里有人！"迈克抽泣道，扑进爸爸的怀里，"他摇晃帐篷！他想把我带走！把我和帐篷一起带走！"

　　妈妈从迈克手中拿过手电筒。"你瞧，没人，"她安慰道，"别害怕，可能是风。"

　　"我想和你们俩一起睡，"迈克抽抽搭搭地说，"在卧室里。"

　　"好啊。"妈妈同意，她把迈克从爸爸怀里接过去，紧紧地抱着。

　　"除非……"爸爸建议道，"除非你愿意我们俩一起睡在帐篷里。你会发现花园里一点儿都不可怕。"

　　"今天不行，改天吧。"迈克小声说。

　　"在海边。"妈妈说。

　　"在海边。"迈克重复道，"全家人一起。"

夏天，全家人去海边度假，他
们一起住在帐篷里，玩得很开心。
海边的夜晚安宁静谧。
爸爸、妈妈、迈克和乔一起
睡在帐篷里，除了美妙的海浪声，
夜里真的什么都没有发生。

一个星期就这么过去了，快
得令人难以置信。

图书在版编目（CIP）数据

谁知道夜里会发生什么 /（斯洛文）花儿·索科洛夫
著；（斯洛文）彼得·思科罗杰绘；赵文伟译. -- 北京：
作家出版社，2017.4（2021.11重印）
　　ISBN 978-7-5063-9444-4

　　Ⅰ.①谁… Ⅱ.①花…②彼…③赵… Ⅲ.①儿童故
事—图画故事—斯洛文尼亚—现代 Ⅳ.①I555.485

　　中国版本图书馆CIP数据核字（2017）第079968号

（京权）图字：01-2017-1614

PONOČI NIKOLI NE VEŠ written by Cvetka Sokolov and illustrated by
Peter Škerlj
Copyright © Mladinska knjiga Založba, d.d., Ljubljana, 2006
Simplified Chinese edition copyright ©
2017 Beijing GaoGao International Culture & Media Group Co., Ltd
ALL RIGHTS RESERVED.

谁知道夜里会发生什么

作　　者：［斯洛文尼亚］花儿·索科洛夫
绘　　者：［斯洛文尼亚］彼得·思科罗杰
译　　者：赵文伟
责任编辑：杨兵兵
装帧设计：高高国际
出版发行：作家出版社有限公司
社　　址：北京农展馆南里10号　　　邮　　编：100125
电话传真：86-10-65067186（发行中心及邮购部）
　　　　　86-10-65004079（总编室）
E-mail:zuojia@zuojia.net.cn
http://www.zuojiachubanshe.com
印　　刷：北京盛通印刷股份有限公司
成品尺寸：200×275
字　　数：35千
印　　张：2.5
版　　次：2017年6月第1版
印　　次：2021年11月第2次印刷
ISBN 978-7-5063-9444-4
定　　价：39.00元